JN139162

赤とんぼ

山田トシ子歌集

青磁社

赤とんぼ＊目　次

I

II

山田トシ子歌集

赤とんぼ

I

平和台

平和台の二百八段登り切る東の空は春のあけぼの

蒼天に八紘一宇の塔そびゆ戦後は平和の塔となりしも

気持よく挨拶交す早朝のジョギングの人皆知らぬ人

挨拶を指折り数へ歩きをり今朝は五人に頭を下げる

うらうらと春日を受けて楠映ゆる秀枝《ほつえ》凛凛しく青天にあり

天高くスキスキスキスキと鳴く鳥の名前も知らず聞く朝ぼらけ

トイプードル赤いちやんちやんこよく似合ふ曳きゐる人のチョッキ同色

弁当をベンチで広げる老夫婦足元近く鳩を寄せつつ

八橋とは言はねど菱に橋組まれ雨の木道杜若咲く

日曜のママさん何をしてゐるの二人の幼児と遊ぶパパさん

いにしへも今も菖蒲の花めでるしつとりと咲きおもしろに咲く

しづかなる「禊の池」の水鏡古代の人のごとき我が顔

古典ではなくアニメにしたらどうだらう日向神話も山幸彦も

神武天皇《じんむさま》は山幸彦の孫といふ青島の海青々として

絹を裂く音

梅雨空に暗雲広がり流れゆく二十九万頭の牛の埋葬

牛は目に涙を溜めてゐたといふああ殺処分現実なるや

夜の明けを告ぐるがごとく木葉木菟ホーホーと鳴く午前四時半

古里の牛の目やさし幼き日は怖がるばかりの私だつた

如何かと牛飼ふ弟思ひやる範囲広がる口蹄疫に

煩悩を切り裂くといふ夏越の神事絹を裂く音骨身に沁みる

つくつくぼふし杜の奥より鳴く声が細く小さしまだ夏の夕

人生のおつりと思ふ年となり茅の輪をくぐる夏越の祓

ゆつくりと梅雨空高くクレーン機は何を持ち上ぐ黒い塊

立ち枯れてもなほ香を放つ樟の木はチェンソーに幹切られても尚

楠の実をプチプチプチプチと弾かせて幼に返る木洩れ日の中

点滴がぽたりぽたりと静脈へ徐々に体のあたたまりゆく

突然に銃弾射撃受けてゐるごとしダダダダダダッＭＲＩ

我が脳に音をめぐらしＭＲＩ異変はないかと探してくるる

緊張しこちこちの頭さくさくと切られゆくごとき音の地獄ぞ

讃美歌に送られ天に召されゆく厳かなるや教会のミサ

如月の星空冴えに冴えてゐる無為の世界に入りゆくごとし

言葉なく思考力0、東日本大震災のニュースを見つつ
ただただに祈るしかなしこの苦境涙の底に叫びたくなる
詩は魂と感ずる瞬間出づる涙福島泰樹の短歌絶叫

東北の震災の無常思ふ時かきたてられて読む方丈記

ソネット（東北震災の歌）

美しきハープの音色で
乙女らの奏でる歌は
「花は咲く」
ハープの音色に祈りをこめて

六台のハープは奏でる
「花は咲く」

悲しいけれど励ましの歌
明日も歌はむ皆んないつしよに
世界の人も歌ひてくるる
やさしさひびく励ましの歌
「花は咲く」

悲しいけれど勇気を出して
東北震災の歌励ましの歌
「花は咲く」涙の底に小さな光

甘茶に濡れて

街中に花の屋形の花まつり甘茶の池にお釈迦様立つ

花まつり甘茶をかけて手を合はす幼き頃にさうしたやうに

無憂華の花咲く園でお釈迦さまお生れなされ甘露降りしと

甘茶をかけ子どもの頃をなつかしむお釈迦さまはもテカテカ光る

花しまふ紀三井寺のお釈迦さま甘茶に濡れて天上天下

「見上ぐれば桜しもうて紀三井寺」芭蕉の句碑は百十五段目

埴輪ほほゑむ

帰省せし幼は急に歩き出し春は両手に我が家に来たり

パンジーの花を次々摘む幼八年目にして待ち望みし子

幼児は夏芝を踏む裸足にてふはふはの芝ふはふはの足

大福を幼と食ぶる昼下り日脚は伸びて部屋に差し込む

公園に放置されたる自転車に雫光りて雨は上りぬ

東風の吹く埴輪の丘に一人来て静寂の中無相にふける

八重椿の帽子を冠り口を開け埴輪ほほゑむ二つ並んで

静かなり騎馬も武将もそれぞれに埴輪苔生す円やかなりき

何もかも忘れてしまふ森の中埴輪の男女静かにをどる

埴輪にも騎馬あり武将の形あり古代も今も変ることなき

はぐれ鳥

老人のたはごと次第に繰り言になりて延々つづく敢無さ

プルメリアの花の匂ひに誘はれて未明のワイキキ一人で歩く

日本語と英語でクルーズ船のガイドさん　藍を深めてゐる真珠湾

真実の重き歴史のアリゾナ艦実物のまま湾に浮かべり

右左外人ばかりのショッピングセンター万事休す迷ひ子我は

はぐれ鳥トロリーバスに一人乗るスコールに濡れ膝の冷たき

椰子の木とハワイの空に二重虹はぐれし不安消えゆくごとし

新燃岳は

「あつぱれ」と「喝」を浴びせし大沢さん親分気質に未練ののこる

ドンドンと窓の振動何ごとぞ地震のごとき不気味な深夜

黒ぐろと暗雲広がる西の空新燃岳は今怒りをり

もくもくと噴煙上げて新燃岳たまりしマグマ押し上げてゐる

宮崎に雪ではなくて灰が降り町も田んぼも目をつぶりをり

穏やかなり真赤な日輪西空に燃えるがごとく今没しゆく

白詰草を楽しんで

はらはらと病葉の降る楠並木夫の歩みに合はせつつゆく

ベランダに深呼吸する二人して夫の術後のマンション住ひ

図書館の屋根まで届く楠こずゑ目線に今日より暮すマンション

白あへの苦みほのかな蕗の薹夕餉の一品変らぬくらし

楠かげに「白詰草を楽しんで」立札のあり市民公園

平和なり公園の芝見廻せば鳩と園児と銅像六つ

小村寿太郎、石井十次、安井息軒、高木兼寛、若山牧水、川越進の像

どこからか金木犀の香りくる図書館の廻り通り過ぎれば

ポーツマス条約調印なしとげし小村寿太郎の小さな体

孤児を連れ備前の地から日向へと石井十次はここで教育

賢人の息軒先生あばた顔厳めしき姿儒学者なりき

梅の木に囲まれ佇む茅葺きの屋根重たげに息軒生家

旅姿の若山牧水公園にかうもり傘をかついで立てり

我が庭のごとき公園、美術館夫も日に日に通ひて過す

古希過ぎて隠遁するごとマンション暮し十便ならずも五便の宜あり

光堂

日本では縄文時代カルタゴの女性の石棺翼持ちをり

中尊寺の鐘楼の鉦ひつそりと今は除夜だけ聞ける鐘の音

金箔の仏像並ぶ光堂螺鈿で埋もる静かなりけり

「五月雨の降り残してや光堂」芭蕉の句碑は今も光れり

突風に蔵王の御山の霧晴れてエメラルドグリーンお釜顔見す

紅葉と光織りなす黄金のトンネルを行く歓声あげつつ

十和田湖の乙女の像の前に立ち広がる紅葉茫茫として

十和田湖の女神をめぐる伝説に黒神赤神の悲劇を聞けり

十和田湖の赤翡翠の泣き声は女神と共に泣きし名残りと

はらはらと散りゆく花びら川の面にいかだとなりてどこへ行くやら

見渡せば春爛漫の吉野山古代の桜もかうでありしか

南朝の逸話も遺跡も埋めつくし中千本の桜吹雪けり

義経と静御前の隠れ庵桜散り敷くはらはらはらはらと

大吉と信じて

大吉と信じて引けば大吉なり全てを信じ明日目の手術

フェルメールの「真珠の耳飾りの少女」目の美しき眼科の壁に

老人の多き眼科の待合室黄一点の金髪美人

流暢な日本語で売るネックレス優しい目をしたネグロイド人

暁に杜の鶏今日を告ぐ生き来しものの己が自かな

七十五歳命いたはり生きゆかむ黄斑前膜手術を受けて

雲間より黄金《こがね》零るる朝日さす花咲爺とポチのありやう

あけぼの

あけぼのに映る木立の天辺に八咫の烏のごときが一羽

南天を主とする今年の生け花に新しき光燦々とさす

餅藁でしめなは作りに挑戦すひねつて縄なひひねり縄なふ

鳳凰の姿の凧を天高く上ぐる老人子どもらの中

ぢぢばばのお年玉はも自転車に変りて新品ピカピカ走る

杵さばき手返しの業あざやかに餅搗きさへもショーと変りぬ

九十歳のコーラス仲間より来たる「ほとほとだれた」と賀状の挨拶

黴の来し昔ながらの鏡餅かびを削りてぜんざい作る

書初めの書き損じの紙厨にて油よごれをよく吸ひくるる

「春はあけぼの」枕草子の朗読を聞きつつ眺む東の空を

巣立つのか

早朝の暗き空気に吸ひこまる木葉木菟の声ほふほふほふと

巣立つのか公園の楠の木葉木菟親子の声がしきり鳴き交ふ

中庭の唐竹林を絵のごとく蕎麦屋の窓の枠に切り取る

置物の蛙が日傘差してゐる日照りの続く部屋に見てゐる

ふはふはの曾孫生れて竹取りの媼のごとく心ほのぼの

みどりごにしつかり指を握られて身にじんじんとあたたかきもの

みどりごの五本の指の温りを両手に包みただ祈るのみ

みどりごを眺めてをれば竹取りの翁のごとく欲の出で来る

後継ぎが出来たと喜ぶ娘たち年寄りみたいな言ひ草可笑し

神戸は今

六甲のみどり滴る急坂をスリルの窓に神戸は光る

異人館の坂の道々パン匂ふ若者の街お洒落な街角

風見鶏の館の窓より海見ゆる館に住みしドイツの人も

震災の翳りも見せず神戸は今弾みてゐたり輝きてをり

今朝起りし飛行機事故の報道を搭乗口に立ちて聞きをり

真白な渦巻く雲に閉ざさるるエンジンの音座席にひびく

天草の海

薄墨の空にぽつかり有明の月冴えにけり旅立ちの日に

弾む鼓動と列車の音のリズミカル幼き頃の遠足のごと

天草の宿に休めば中庭の角に黄濃き石蕗の花咲く

藍色に天草の海凪ぎてをりさざ波きらきらきらきらまぶし

釣舟の上を飛び交ふ鷗どり真白な胸ふくよかな胸

海原に島々浮び鷗とぶ天草の海絵を見るごとし

昔から戦乱一揆の絶えざりし天草今は天国のやう

ラナンキュラス

大輪の薔薇と見まごふラナンキュラス前途明るし宮崎新種

鄙の畦に一群咲きし水仙をバスの窓より春日うらうら

庭の木が赤きドレスを纏ふごと八重の椿は咲き乱れをり

光源氏とふ白椿優雅なるくちびる寄せて恋をしたきに

肥後椿大口開けて笑ふごと花いつぱいに蕊を広げて

朝あけの静寂破り蛙鳴く花菖蒲咲く公園の角

蛙鳴く一斉に鳴き一斉に止む指揮者が指揮をとるごとし

ディズニーランド

幼児とポップコーン買ふディズニーランドおとぎの国に人人人が

大人らはおとぎの国に幼らと何を求めてディズニーランド

久々の同窓会の顔と名のわからぬままに話して笑ふ

ももとせの箱根峠の杉並木往来見下ろす堂堂として

山の端に茜に染まる富士の山芦ノ湖に舞ふ大鷹一羽

無人売店竹の子しひたけたらの芽を競ひて買ひぬ隣人組は

馬ヶ背の岬に立ちてわだつみのおごる視界は広大にして

断崖の柱状岩に荒波がぶち当り来てくだけ泡立つ

庭のある家

我が庭で育ちし山椒ふと枯れて擂り粉木となる宝物となる

木の芽擂り胡麻擂り味噌擂り山椒の擂り粉木我が手に馴染みて来たり

四十余年子育て菜園木々育て庭のある家と別離の日来る

宝物仕舞ふがごとくまた仕舞ふ虫干しの着物汗をかきつつ

身動きも出来ぬまでの晴れ姿花魁の素足チラと見ゆるポスター

遠花火の音だけひびくドーンドーン夏も消えゆく夕ぐれ遠く

捥ぎたてのキュッと鳴るなり菜園の三個のトマト今朝のサラダに

じつと待つハンターのごとき蟷螂と庭でたたかふ夫棒を持ち

驟雨降り過ぎし夕べに蟋蟀の軒下涼し夜半まで鳴く

屋根伝ひに隣の猫が音たてず乾きし瓦をそろりそろりと

帰省して生れしみどりご「あごあご」と相槌打ちて過す元旦

みどりごは若竹のごと伸びにけりひと月あまりで二糎五ミリも

三ヶ月のみどりごの世話終り手足を伸す日脚伸ぶ部屋

「ばあちゃん合格発表見て来てよ」託して少年バレーの試合へ

勉強よりバレーに夢中の少年は顔がほころぶ「ぎりぎり合格」か

梅雨明けて日差しまぶしき庭木より堰切るごとく油蟬鳴く

モロヘイヤもりもり育ち広ごりて栄養豊富な蓬生のごとし

我が足のごとき大根二十本菜園をしめ秋豊かなり

はうれん草みどり豊かに肉厚き畑に広がり菜園覆ふ

ずぶ濡れでにがごりの柵補強する台風進路気になる夜半

剪定の梯子に登りし夫の身の揺らぎ伝はる添へし手の内

松の手入未熟な夫に老人は生き生きとアドバイスしてくるる

棟上げの五色ののぼり上りたり「さあせんぐだよ」童ら騒ぐ

軒先に日々黒くなる干柿を手もみしながら甘さ聞きをり

終ひ湯に髪を梳く手の爪の中十薬の香の残るほのかに

金婚祝賀

花の色うつろひながら白々と舞ひ散る姿儚くもなし

わたしらは戦中戦後の人となり強き時あり弱きときあり

茹卵大根コンニャクゴボー天おでんの種のやうな生ざま

咲き満ちる黄のイペーはブラジルの国の花とふあらためて見る

市役所の広場にイペー八本が咲き乱れをりブラジルへエール

杖つく人車椅子の人集ひ来る半世紀は重し金婚式に

お互に昭和は長く短かかり笑ひ飛して金婚祝賀

眠りゐし簞笥の中の付け下げに出番の来たり金婚式に

容貌ものつぽも短気も皆遺伝男三代この世のゆかり

待ち合せの日を間違へて図書館に『坊ちやん』を読み終へ笑ふ

シニアコーラスはやる鼓動をおさへつつステージに立つ作り笑顔で

II

赤とんぼ

霊園の土手に群れ咲く彼岸花炎のごとくゆらゆら揺れて

六本の睫毛のごとき雌蕊持ち燃ゆるがごとく咲く曼珠沙華

花びらが六枚対に丸まりてふんぞりて咲く曼珠沙華燃ゆ

突然の従兄弟の訃報に夫の言ふ「おれより先に」命はかなし

特攻兵の最後の手紙魂の「絶叫」聞きつつ涙出でくる

「月光の曲」を弾きゐる青年に特攻兵を重ねて悲し

難民の連なる列を映像によみがへりくる乾いた心が

埃り立つ難民キャンプの子どもたち素足に着のみ着のままなりき

刻々と変りゆく雲刻々と世界情勢雲のごとくに

テロによりニューヨークのビル崩壊すあの時の犠牲者五千余人とふ

羽衣のごとき巻雲陽を受けて赤く引きゆく朝空高く

七十年の式典の灯もゆる影に盆とんぼ飛ぶすいすいすいと

八月の日照は心を掻き乱す広島長崎七十年の詩

「赤とんぼ」二枚の羽根の特攻機夫は昔を語り始める

式典に涙を流す老人らと黙禱をする少年少女

少年は原爆投下は知らざれど「平和の誓ひ」の宣言をする

池の鯉指差すゆびに赤とんぼ止りてしばし我を忘れる

白鵬の浴衣の藍のとんぼとぶ付け人ぱつと着せかける時

ノーベル賞の鈴木氏曰く「日本は頭脳が資本です」談話にて

奴凧メタセコイアの天辺に懸りてをりぬ眺めよからむ

夢茶房とふ茶店で友三人七十余年の夢語りする

十二歳の誕生日が終戦で七十年目の夏は過ぎゆく

芋を植ゑ稲刈り麦踏み十二歳やるしかなかつた健気な姿

布草履友にもらひて思ひ出す藁の草履を履きしあの夏

わたしらは皆んなあの頃藁草履登校するも裸足か草履

「はたらけど猶わが生活楽にならざり」ワーキングプア昔も今も

八十路すぎ公孫樹の梢ながめをり澄高の空素心に返る

湯布院

湯布院に三十年振りに雪降りしと宿の人言ふ笑ひながらに

街中の道の両側残雪が掻き分けられて冷えびえとする

雪被る由布岳はいや清々し朝の陽に映えほほえんでゐる

残雪も観光土産の店先に一味添へて風物詩となる

露天風呂あちこち湯気を立ててゐる気軽に這入る気楽な湯布院

九十までに行きたき所あまたあり旅行は覚悟と足次第とや

茶畑は霧にすつぽり包まれて山々眠る嬉野の里

ゆつたりと嬉野の湯に包まるる木々の合間に月のあやしき

月明りに木々らはさわさわ話しをり湯舟に一人夢心地なり

歌舞伎観劇

初めての歌舞伎観劇博多座に夢見る心地の小糖雨降る

見栄を切り花道通る藤十郎あでやかなりき華やかなりき

なまめかし八十過ぎても藤十郎「雁のたより」をあつさりかぶく

浮世絵より飛び出したよな花魁や奴は踊る「さんさしぐれ」を

幕上り幕下るまでの四次元の世界はうつつ　幕の内食ぶ

新幹線で博多駅から鹿児島へ廻りて帰る宮崎は晴れ

灯籠の灯に誘はれ

灯籠の灯に誘はれて坂登る城山の薪能に胸をどりくる

かがり火の煙はライトで色変り舞台はいよいよクライマックス

満月が石垣の上に顔を見す舞台のつづみや太鼓ひびけば

狂言の「附子《ぶす》」を観てゐて思ひ出す幼き頃に糖なめしこと

「桜川」「景清」等の演目に宮崎に縁ありて楽しき

地元の稚児修錬つみて長袷引く「義経」や「龍人」等々

水泳の松田選手も裃姿で火入れ式する摺り足上手

「棒しばり」狂言にみな観客はほつと一息笑ひ出でくる

城山の鐘撞き堂まで登り来て牧水学びし延岡一望

牧水も城山の鐘を聞きながら遠くを眺めてゐたかも知れぬ

三十段の急階段を登り来て記念館なつかし能面ずらり

五ヶ瀬川に鮎梁かかり川の面はさざ波立ちて鮎もきらきら

万葉の世の人のやう

昼下り読み返しをり『あかるたへ』万葉の世の人のやう紫苑

たどたどと辞書を片手に読む歌集言葉を探すことの楽しき

百年の樹より落ち来し梅といふ真赤に染めて友送りくるる

今生で見られたはずの金環食雲の上の幻影となる

リズム良き牧水の歌バリトンの声と琴の音和合しあへり

大らかに自然をうたひ酒うたふ牧水万葉の人のごときぞ

夜桜の花降りしきるはらはらと花すしうまし花酒うまし

革ジャンが小意気に光る外灯に幼も男の一端なるか

ぶつぶつとねころびて語る一歳児上弦の月指さしてゐる

涼しげなワンピース来て小島ゆかり笑顔も涼し講義は楽し

松本幸四郎

「ラ・マンチャの男」を松本幸四郎千二百回目七十歳で

博多座の舞台の階段威勢よく駆け下りてくる松本幸四郎

ラ・マンチャの風車と戦ふドン・キホーテ荒唐無稽で笑ひ止まらず

はうれん草三把まとめて湯掻きゐるはんなり過ぎてポパイも笑ふ

壁の森郭公の居て今晩もおやすみ十二時告げてかくれる

手の甲の蚯蚓のごとき静脈をなぞりてゐれば欠伸出でくる

水墨画の世界

水墨画個展記念作品　短歌をそえて

四君子を描く

蘭（掛軸）

手の震へ素直に墨に現れる四君子の一つ蘭を描けば

梅（掛軸）

幹古りてなほ花満つる庭の梅古希過ぎてみる夢も多かり

竹（掛軸）

琅玕の直なる姿描けどもなほ妥協せず心冴えゆく

菊（掛軸）

咲きそろふ白菊黄菊境内に細き金の輪花を支へて

天下一薪能

葵の上（掛軸）

六條の御息所の怨霊の呪ひの舞はかがり火に映ゆ

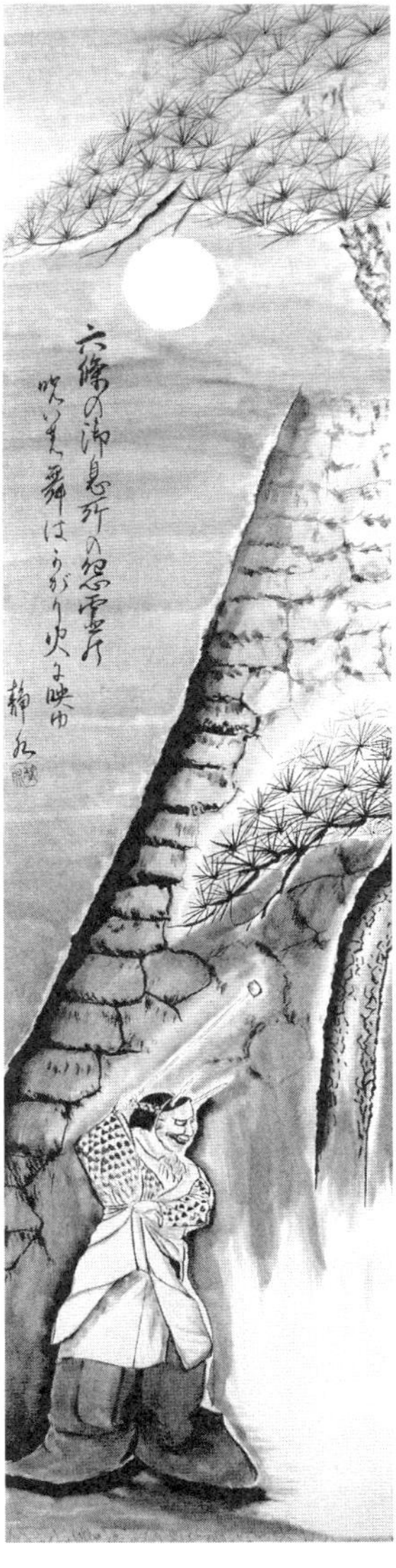

能面　霊系般若（掛軸）

安達原（掛軸）

旅の僧安達が原の黒塚の糸繰る女を鬼女とは知らず

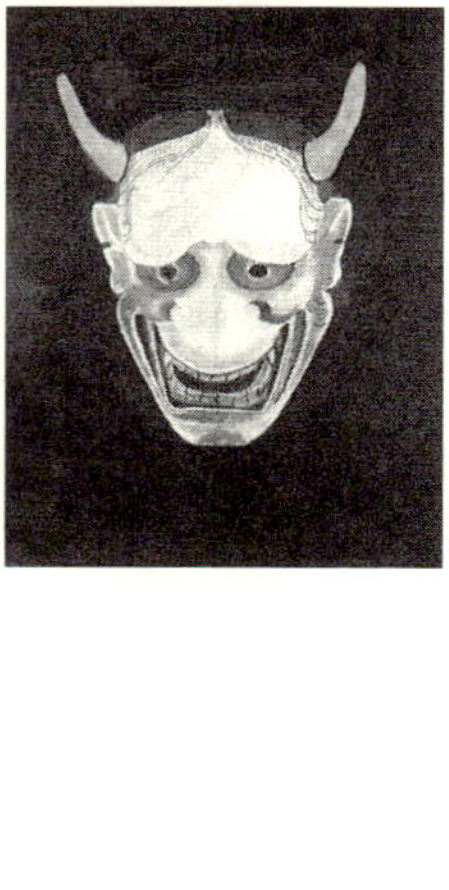

能面　霊糸般若（掛軸）

能面　深井（掛軸）

龍田（掛軸）

小面の清らなる舞龍田ひめ龍田明神女神のみたま

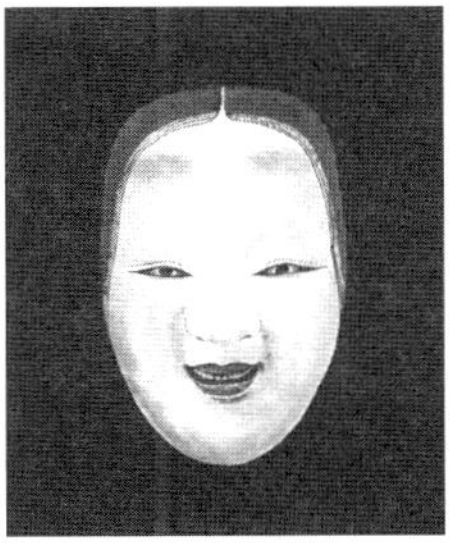

能面　小面（掛軸）

鞍馬天狗（掛軸）

かがり火の炎激しく立ち上り鞍馬天狗の大癋見の舞

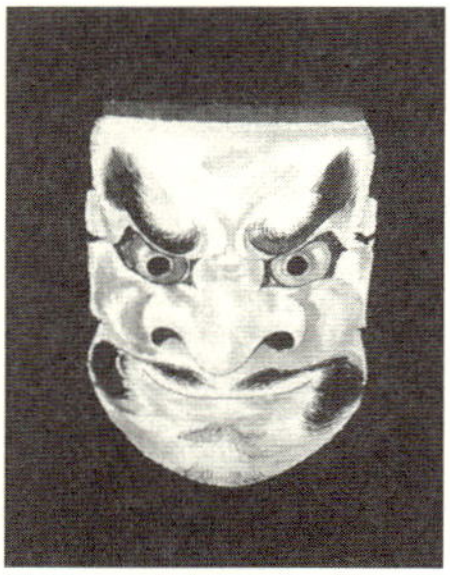

能面　大癋見（掛軸）

旅の思ひ出

万里の長城（掛軸）

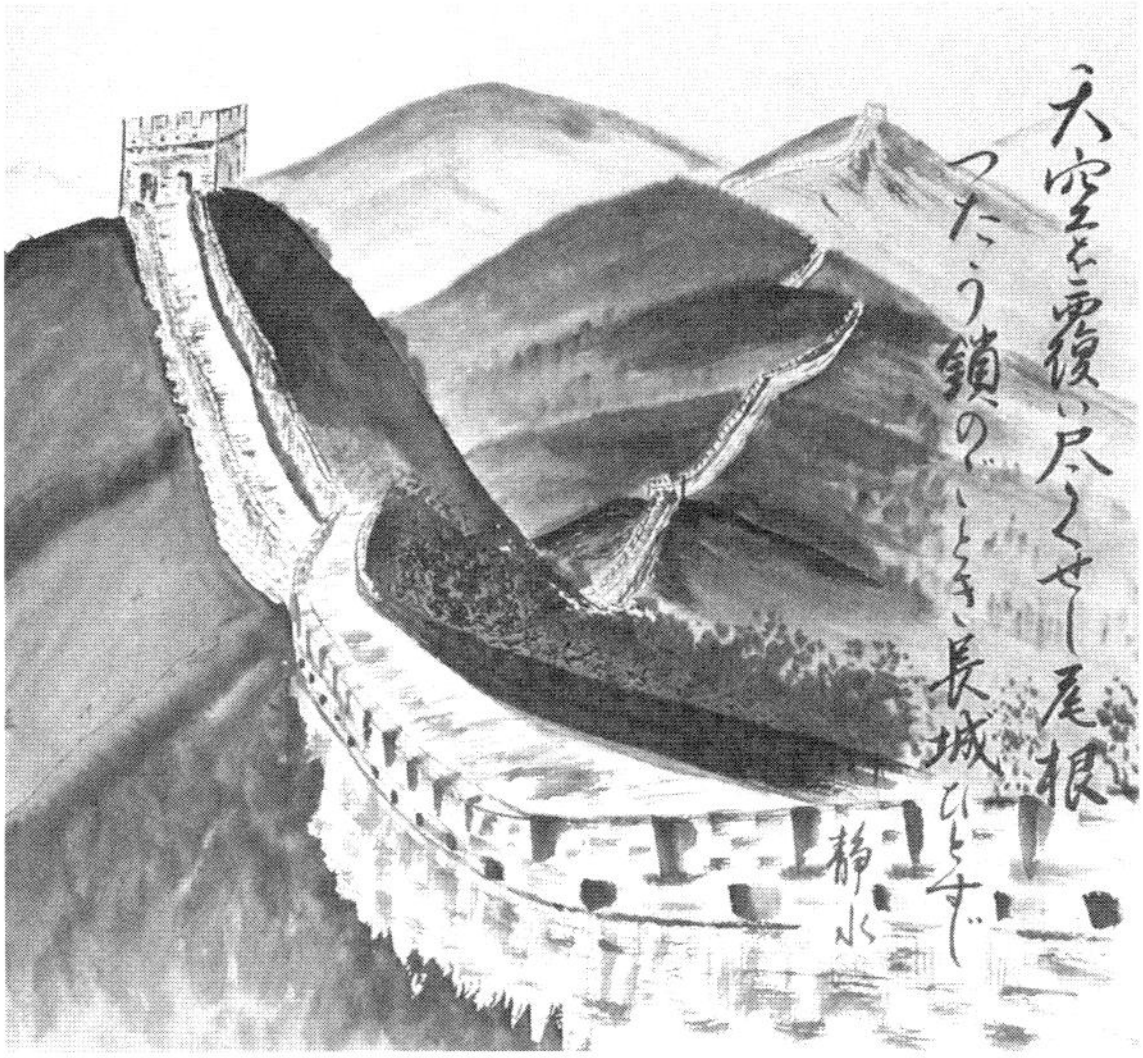

天空を覆ひ尽くしし尾根つたふ鎖のごとき長城ひとすぢ

プラハのカレル橋（掛軸）

三十体の聖人の像物ものしカレル橋はもう野外ギャラリー

ベネチア（掛軸）

目の眩むまでの金箔サンマルコ寺院の中に立ちつくしたり

ケーニッヒ湖（掛軸）

どこまでも姿律律しく白銀に連なる峰を賛へ湖は澄む

奥入瀬（掛軸）

奥入瀬の森と流れに魅せられて大町桂月住み着きしとふ

宮崎の風景

高千穂峡（掛軸）

八百万の神々おはす高千穂峡翡翠の色に水澄みにけり

天の岩屋（掛軸）

世を照らす天鈿女命の舞手力男命岩戸を開く

杜の鶏（掛軸）

暁に杜の鶏今日を告ぐつづく小鳥のさへづり高く

紫陽花（掛軸）

鬱うつとむさぼる心見抜くがに雨に澄みけり紫陽花の藍

平和台（掛軸）

青空に八紘一宇の塔そびゆ世界の平和祈りて止まむ

竹と藤（掛軸）

山間の竹にからんで藤の花しなやかに垂れ咲きほこりをり

鯉のぼり（掛軸）

里の家孟宗竹をしならせてひごひ真鯉のはためきてをり

眉の白髪

スイートコーントウモロコシより柔らかくたうきびよりも品良く聞こゆ

国会の放映消しつつ夫の言ふ「高校野球が早く見たいね」

浴衣地で作つた短パン干し竿に大きな紫陽花咲かせてをりぬ

眉の白髪毛抜きにしつかり挟みしが白髪は抜けず黒毛抜けたり

蘇鉄の実の猿のお守り二つさげ夫の失敗見ざる聞かざる

日向夏くるくる廻し皮むけば朝の厨に清しき香り

仏壇にマンゴー供へ手を合はすはじめて丸ごと食べる母の日

ずつこけて湿布はりつつ思ひをり笑ひが先で涙あとから

ゆるやかな坂の塀より蠟梅が顔のぞかせて香りほのぼの

塵箱の位置を変えれば元の位置に足の向くなり習慣をかし

老人と思はぬことが自立なりゆつくり階段上り下りする

歌舞伎座に一度は行つて見たかつたテレビで見てゐるさよなら公演

またも来し友の主人の喪中の挨拶自分のことのごとくさびしき

日向かぼちゃ

気どりても八十二歳はそれなりの歩みしかなし羊蹄《ぎしぎし》の花

空中にぽつかり浮ぶ何ものか「現実の感覚」とふ絵　命なるやも

少年が少年殺めるこの時世紙切るごとく命消え行く

少年は人といふ字の右はらひうまくゆかずに習字を放下す

爆笑のひよつとこ踊りの面とればはんなり姿の美少年なり

よろこびを吹き出すやうなひよつとこ踊りひよつとこひよつとこ笑ひはじける

木の香する駅舎に少女二人ゐて足すんなりと瑞々しきや

黄《きい》の緒のサンダルごとき下駄すずし素足に軽き風ここちよし

音のせぬ下駄つつかけて歩きをりふんはりモードのアッパッパ着て

ナショナルの古扇風機どつしりとかまへて首振るまだ大丈夫

美術館の角の売場に睡蓮や向日葵の絵の傘美しく咲く

黒皮の日向かぼちゃの黒光り中味むっちり黄金《こがね》色なり

日向の陽浴びてかぼちゃは丸々と太陽の玉太陽の味

えれこっちゃ日向かぼちゃのよかよめじょ宮崎なまりのおっちょこちょい

合格祈願

流鏑馬《やぶさめ》の矢の処理をする稚児たちの矢の受け渡しに礼法を見る

稲の根より歌の根張りたき心にて章魚《たこ》を食べをり今日半夏生

シンポジウム八十歳とはどう見ても思へぬ尾崎左永子と馬場あき子

実像はエッセイ集に現れる白洲正子と俵万智読む

山の手の九州国立博物館急勾配のエレベーター長し

今は亡き平山郁夫をしのびつつ石窟寺院の絵を眺めをり

月残る青い大地は朝あけのシルクロードのラクダの列が

夕焼のシルクロードは闇せまる赤き大地にラクダは続く

大宰府の天満宮の参道で梅餅を買ひ食べつつ歩く

天満宮で合格祈願の鉛筆を三人分に分けて土産に

ＮＨＫホールで今日は卒業式まさかの夢がさくら花咲く

八十歳最年長と思ひしが九十歳がゐて背筋が伸びる

年二回のテストの鉛筆ガタガタと左手でそつと押へたことも

学友に支へられつつ研修旅行川内原発と薩摩窯元

よくやつたよくやつつけた　片方の心はまだまだこれからですよ

再試験再再試験哲学や考古学等思ひ出しをり

厚き記念誌

卯月空眺めてをればもりもりと青葉生れくる大楠たくまし

華やかに戦後の歌を築きし人河野裕子は短歌一筋

日向にて『百万遍界隈』に「裕子」と署名をくれし人今は亡き

二糎の厚き記念誌送り来てゆらつと一息心の怯む

早苗月佐伯の駅に降り立てば城ありし山静かなる町

我が歌の未熟をあばかれなるほどと大分の会新進とする

塔大会眠りの浅き二日目の朝餉に甘き京の白味噌

京の宿日和り申しをする朝の窓に差し込む残暑の光

学問と恋と長寿の音羽の滝三すぢの滝を眺めつつ下る

機窓より右翼に点滅見え始む一時間二十分後に宮崎

国際音楽祭

皐月空晴れて国際音楽祭さはやかに幕上がる宮崎

あちこちの街中演奏もり上がる交通遮断シャレた雰囲気

手をつなぎ歩く男女や大の字に寝ころぶ人ありメインロードに

前夜祭目抜き通りの一丁目ロックンロールで楠並木沸く

五丁目のメインストリートは台湾の管弦楽団市民を酔はす

宮崎にシャルル・デュトアは馴染みゐる楽しき指揮者偉大な指揮者

リトアニアの指揮者は全身全霊で「チャイコフスキー作品35」

魅惑的なタンゴのダンサーきびきびとステップの美し拍手渦巻く

「カルメン」のハバネラの曲宮崎の高校生が熱唱をする

世界農業遺産

朝霧のベールに紅葉包まるる高千穂街道バス走り行く

鈴生りの柿の色づく里の家段々畑は山に連なる

高千穂の小さな棚田に吊り干の稲穂下りぬあつちこつちに

二百米の椎葉の里のメインストリート平家祭りは人の渦なり

山里に十二単衣の鶴富姫と武将行列平家祭りは

焼畑で収穫された蕎麦の麺平家祭りに売切れ御免

高千穂の棚田と焼畑世界農業遺産に自然の光景自然のいとなみ

湧き出づる谷間の水は豊かなり棚田の稲を守りつ流る

たうたうと棚田の石工水道の小さな滝は音を響かす

畦道に赤と白との彼岸花咲き乱れをり稲穂を守りつ

田舎の助産婦

甥よりの電話は静かに口籠る九十の姉の訃報を告ぐる

片田舎の農道バイクで駆けめぐり一〇〇〇の命を取り上げた姉

生れくる命と向き合ふ喜びを命の限り尽し来たる姉

続々と取り上げられし子らの来る斎場一杯あふれゐる通夜

真白なエプロン姿の仕事着で気取らぬ田舎の助産婦なりき

化粧されし冷たき頬を両の手でそつと包みてさよならをいふ

九十歳の姉はこの世を全うしたごとく　しづかに幕を下ろしぬ

祈るがごとく

休耕地の広々とせし山の辺に老人ホームの黄の屋根が見ゆ

九十の友の電話は逢ひたいとなるほどなるほど老人ホーム

一部屋にトイレにベッド物置きと便利なルーム白じろ広し

歌がある歌を紡ぎて生き行かむ祈るがごとく友の手を取る

色変り立ち枯れてゆく紫陽花の花を見守るごとき青き葉

投げ入れておきし紫陽花むらさきの顔上げてをり梅雨寒の朝

一本の栄養剤を今朝も飲む孤独の虫が騒ぎ出す時

リスク負ふ薬の用量守りつつ一寸と祈りて口に含みぬ

トロンボーンは人間の声に近いといふ五つの音色聞えくるなり

カーテンを開ければ毎朝大楠の緑ひろがる楠ありがたう

跋

吉川 宏志

山田トシ子さんは、私の実家にとても近いところにお住まいである。宮崎市の宮崎神宮に近いあたり。私の通った高校もそこにあった。歌を読んでいると、穏やかで緑の多い風景が目に浮かび、とても親しい気持ちになってくる。

『赤とんぼ』は、平和台公園を詠んだ歌から始まっている。平和台公園は小高い山の上にあり、戦時中に建てられた「八紘一宇」の塔が聳えている。戦後は、ファシズムの象徴として厳しい批判を浴びたが、今も当時の姿で存在している。難しい問題だけれど、私は〈戦争遺跡〉がそのまま保存されたのは良かったと思っている。子どもの頃、私もよくここで遊んだが、山の崖に掘られた防空壕が残っていた。幽霊が出るという噂で、肝試しで洞穴の中に潜ったりもした。

ちょっとした山歩きを楽しむこともできる公園であり、多くの人が散策に訪れている。

挨拶を指折り数へ歩きをり今朝は五人に頭を下げる

こんな歌がある。私の父も毎日のようにジョギングをしていた。もしかしたら、山田さんが挨拶した五人の中に、私の父も含まれていたかもしれない。

八重椿の帽子を冠り口を開け埴輪ほほゑむ二つ並んで

平和台公園には、「はにわ園」という一画もある。宮崎は古墳が多く、さまざまな埴輪が発掘されてきた。「はにわ園」には、模造品であるが、武人の像や馬や船など、たくさんの埴輪が並んでいる。木が多く、薄暗くて、ちょっと不気味なところである。八重椿の花が落ちてきて、ちょうど帽子のように埴輪の頭にかぶさったのだろうか。赤い色がくっきりと目に浮かぶし、目や口が穴になっている埴輪の微笑みには、かわいいだけではない陰影がある。宮崎以外では、珍しくおもしろい光景なのではないだろうか。

以下、私の好きな歌をいくつか紹介していきたい。

書初めの書き損じの紙厨にて油よごれをよく吸ひくるる

『赤とんぼ』には、日本画と書を組み合わせた作品が、写真版として収められているが、山田さんの暮らしの中には、筆や墨や紙が、親しく存在しているのだった。「油よごれをよく吸ひくるる」というところに、和紙に対する温かな思いがあらわれている。和紙のやわらかな手触りが伝わってくるような歌である。

暁に杜の鶏今日を告ぐつづく小鳥のさえずり高く

絵に添えられた歌の中では、この一首が特に懐かしく感じられた。宮崎神宮には、鶏が放し飼いにされている。おそらく、そこから聞こえてくる声を詠んだ歌だろう。そしてその後を追うように、無数の小鳥たちが鳴き出す。毎朝繰り返される音の風景が、ゆったりと表現されていて、爽やかな情趣がある。

みどりごを眺めてをれば竹取りの翁のごとく欲の出で来る

たしかに「竹取りの翁」は、かぐや姫を得たあと、少しずつ強欲になっていったのだった。かわいくて大切な子がいるからこそ、欲が生まれてくる。人間の心理を、ユーモアのある比喩で歌っている。

天草の宿に休めば中庭の角に黄濃き石蕗の花咲く

絵を描く人らしい、色彩感がよく表われた歌。「中庭の角」が効いていて、天草の宿のしっとりとした雰囲気まで伝わってくる。

帰省して生れしみどりご「あごあご」と相槌打ちて過す元旦

出産のために子が戻ってきて、しばらくのあいだ赤ちゃんと暮らすことのできる喜び。「あごあご」という音感が良くて、言葉をおぼえる以前の、懸命な体のうごきが、いきいきと感じられるのである。

剪定の梯子に登りし夫の身の揺らぎ伝はる添へし手の内

これも身体的な感覚がなまなまと伝わってくる歌。夫が落ちないか心配しながら、梯子を「手の内」で包んでいる様子が目に見えるようである。

棟上げの五色ののぼり上りたり「さあせんぐだよ」童ら騒ぐ

「せんぐまき」は宮崎だけの呼び方であるらしい。家を新築するとき、棟上げ式を行ったあと、餅やお菓子を屋根の上から、家の主人がばらまくのである。子どもたちはそれを楽しみにしていて、私も何度かお菓子を拾いにいったことがある。「五色ののぼり」が上がっているのは、「せんぐまき」を行う合図であり、近所の友達と一緒に出かけたものだ。もう今は、「せんぐまき」をする家も減っているようである。懐かしく、少しもの悲しい情景である。このように、消えていく習俗を言葉で残していくことも、短歌の重要な役割なのかもしれない。

白鵬の浴衣の藍のとんぼとぶ付け人ぱつと着せかける時

歌集の中で、特に印象鮮明な歌である。浴衣に染められている蜻蛉が、白鵬の大きな体に着せかけられたとき、生命を持ったかのように、いきいきと動きはじめる。一瞬の光景を、うまく切り取った秀歌である。「ぱつと」というオノマトペも、この歌ではよく活きている。

　ゆつたりと嬉野の湯に包まるる木々の合間に月のあやしき

「嬉野」のいう地名のとおり、温泉につかる満足感がよく表われた歌だが、結句の「月のあやしき」に、不思議な味わいがある。湯けむりのむこうのおぼろな月。別世界を垣間見たような、奇妙な気分に作者は誘われているのだろう。

　ナショナルの古扇風機どつしりとかまへて首振るまだ大丈夫

　これも懐かしい歌である。「ナショナル」がまだいきいきとしていた昭和の時代。実用本位で、壊れにくく、家々の道具たちにも、したたかな存在感があった。「まだ大丈夫」という結句がおもしろい。どこか、年を重ねてきた自分自身に言い聞かせているような感じもある。

歌集の最後には、姉の死を詠んだ一連が収められている。

片田舎の農道バイクで駆けめぐり一〇〇〇の命を取り上げた姉

続々と取り上げられし子らの来る斎場一杯あふれゐる通夜

助産婦として、千人の子どもの出産に立ち会ったことに圧倒される。このように、愚痴も言わず、大変な仕事に淡々と向き合っていた女性たちが、多く存在していたことを思い出させるのである。そうして生まれてきた子どもたちも、恩を忘れてはいけないことを、母親からずっと言い聞かされてきたのであろう。長い時間をかけてつくりだされた、人と人の間の深いつながりである。通夜に、大勢の人々が弔問に訪れた光景は、しみじみと読者の胸を打つ。

山田トシ子さんは、八十二年もの長い年月を生きてきた。その中には戦争体験やさまざまな悲哀もあっただろうが、『赤とんぼ』一冊を読むと、むしろ時間を重ねてきたことの充足感がゆったりと広がっているようである。歌と書と絵と、心に抱いてきたものを自在に表現していて、明るい開放感がある。

歌集の巻末に置かれた、

カーテンを開ければ毎朝大楠の緑ひろがる楠ありがたう

という一首の素直さと優しさに、私は感銘を受けた。

これからもさらに幅広い表現を続けていってほしい。そして御健康をお祈りしている。

あとがき

戦後七十年を迎へ、二〇一五年に八十二歳となりました。年を重ねるとついつい過去を思ひ出してしまひます。世界の情勢も昨今少しづつ変りつつあり心を痛めることばかりです。少女期に戦争を体験した私たちは、この戦後七十年の平和は何ものにも代へ難いものです。そしてしみじみと平和の尊さを感じてゐます。家族との日常生活の潤ひも旅の楽しみも学ぶことへの尊さも皆んな通して人間としての生きる幸せを味はひ与へてくれた七十年でした。残りの人生はおつりと思ひ楽しみたいと思ひます。

戦後七十年を節目に原点に立ち返り、昔を思ひ出し、自分なりの歌集を上梓することを決意しました。六十歳を過ぎてからの短歌生活ですので約十九年間の作品となります。

今回の歌集は第一歌集です。

「赤とんぼ」二枚の羽根の特攻機夫は昔を語り始める

よりタイトルを『赤とんぼ』としました。

少年少女時代の体験は悲しいことですけど、その後の人生にとつて、ある意味でそれは我慢強さとなり、励ましとなり、日常生活の摂生ともなりました。

今回の歌集の内容は十九年間の作品を編年順でなく項目に添はせた形でまとめました。現在から過去へと進めまた過去から現在へとまとめました。

一昨年二〇一四年の五月に塔に入会し、三ヶ月後の八月京都大会にも出会させて頂き活気に満ちた大会に感動しました。二〇一五年の鹿児島大会も楽しいものでした。体が動く限り、家庭が許す限り前向きに行動したく存じます。歌集の上梓に当り岡本貞子様に御協力頂き、伊藤一彦先生にも御助言頂き、感謝の念で一杯です。ありがたうございました。

この歌集の出版に当りましては塔短歌会の主宰吉川宏志先生に跋文を御願ひし、御多忙のところ御受頂き温かいお言葉心より深く感謝申し上げます。
出版は青磁社の永田淳先生にお受頂きいろいろの御指導本当にありがたうございました厚く御礼申し上げます。

平成二十八年八月

山田　トシ子

歌集　赤とんぼ

初版発行日　二〇一六年九月十日

著　者　山田トシ子

宮崎市神宮西一―一一―二〇三（〒八八〇―〇〇三二）

定　価　二五〇〇円

発行者　永田　淳

発行所　青磁社

京都市北区上賀茂豊田町四〇―一（〒六〇三―八〇四五）

電話　〇七五―七〇五―二八三八

振替　〇〇九四〇―二―一二四二二四

http://www3.osk.3web.ne.jp/~seijisya/

装　幀　仁井谷伴子

印刷・製本　創栄図書印刷

©Toshiko Yamada 2016 Printed in Japan

ISBN978-4-86198-358-0 C0092 ¥2500E